Do

Toto
la Brute

Illustrations
de Philippe Béha

la courte échelle

Les éditions de la courte échelle inc.

Les éditions de la courte échelle inc.
5243, boul. Saint-Laurent
Montréal (Québec) H2T 1S4

Conception graphique:
Derome design inc.

Révision des textes:
Odette Lord

Dépôt légal, 3e trimestre 1992
Bibliothèque nationale du Québec

Données de catalogage avant publication (Canada)

Demers, Dominique

  Toto la Brute

  (Premier Roman; PR 27)

  ISBN: 2-89021-172-X

  I. Béha, Philippe.   II. Titre.   III. Collection.

PS8557.E4683T67 1992   jC843'.54   C92-096062-6
PS9557.E4683T67 1992
PZ23.D45To 1992

Dominique Demers

Bien connue pour ses reportages dans *Châtelaine* et dans *L'Actualité,* Dominique Demers a fait une maîtrise en littérature jeunesse et elle prépare un doctorat sur le même sujet. Depuis une dizaine d'années, elle est aussi critique de littérature jeunesse au *Devoir* et à *Châtelaine.* Elle a reçu plusieurs prix de journalisme et elle a publié *La bibliothèque des enfants.*

Dominique Demers est une auteure un peu bizarre, elle ne lit et ne regarde que des livres et des émissions pour les jeunes. Comme l'histoire de *Valentine Picotée,* celle de *Toto la Brute* lui a été inspirée par ses enfants. L'auteure vit avec un mari, trois enfants, deux chats et un poisson! Et si elle était un animal, elle serait sûrement un poisson, car elle adore nager.

Toto la Brute est son troisième roman à la courte échelle.

Philippe Béha

Né à Casablanca, Philippe Béha a étudié aux Beaux-Arts, à Strasbourg. Depuis plus de quinze ans, il a fait des milliers d'illustrations pour des magazines, pour la publicité, pour la télévision et pour des maisons de graphisme. Il a aussi illustré une centaine d'albums pour les jeunes.

En 1983, Philippe Béha a reçu le Prix du Conseil des Arts et en 1988, le Prix du Gouverneur général en littérature jeunesse, dans la catégorie illustrations. En 1990, il obtient aussi le Prix du livre M. Christie. Sa petite famille à lui? Une femme, deux enfants, deux chats... pardon... une femme, deux filles, deux chattes. Eh oui, cinq filles en tout!

Toto la Brute est le deuxième roman qu'il illustre à la courte échelle.

Dominique Demers

Toto
la Brute

Illustrations
de Philippe Béha

la courte échelle

1
Adieu triple sandwich

— Fesses de maringouin!

Je suis tanné. J'ai envie de le couper en morceaux, de le pendre par les orteils ou de l'enfermer dans une prison remplie de scorpions.

J'en ai assez de Toto la Brute!

Avant, j'étais bien. Mais depuis que Toto la Brute a déménagé dans le quartier, ma vie est un désastre.

Son vrai nom, c'est Alberto Lucio, Toto pour les intimes. «La Brute», c'est parce qu'il cogne sur tout: les murs, les arbres, les autos, les portes, les roches... et même les gens. Le pire, c'est qu'il aimerait surtout cogner sur moi.

Toto est jaloux. Terriblement, horriblement, honteusement jaloux de moi. Parce que moi, Alexis Dumoulin-Marchand, j'ai la plus belle blonde du monde: Katarina! C'est ma comète européenne aux longs cheveux noirs.

Quand Toto est jaloux, c'est dangereux. Très, très dangereux. Toto n'a jamais d'idées pour résoudre les problèmes de mathématiques. Mais lorsqu'il veut se venger, les idées lui sortent par les oreilles.

La semaine dernière, Alberto Lucio m'a joué un premier mauvais tour. Il voulait que toute la classe rie de moi, surtout Katarina.

Mardi, après l'école, Toto s'est glissé dans notre classe pour cacher une grosse grenouille vert et jaune dans mon pupitre. Il pensait bien que le lendemain, la prisonnière me sauterait dans la figure quand je soulèverais le couvercle.

Mais Toto est tellement... toto. La grenouille est morte pendant la nuit. Ça sentait drôle lorsqu'on est entrés dans la classe. Macaroni, notre maîtresse, a décidé d'inspecter tous les pupitres. Elle a hurlé en ouvrant le mien.

Macaroni est tellement nouille! Elle croyait que c'était moi qui avais emprisonné la pauvre grenouille.

C'est complètement ridicule. J'adore les grenouilles. Mon ami Henri en a déjà apprivoisé une. Elle s'appelait Gertrude et j'aimais bien caresser son gros ventre rond, mou, froid et doux.

J'ai expliqué à Macaroni que ce n'était pas moi, le coupable. Mais elle ne m'a pas cru. Alors, j'ai été privé de récréation pour

la journée. Et il faisait super beau dehors. En plus, Macaroni a collé une petite tache noire à côté de mon nom sur le tableau de comportement.

Une tache, ce n'est pas si mal.

11

Mais plus, c'est dangereux. À deux, Macaroni avertit nos parents. Et à trois, on gagne une visite gratuite chez le directeur, M. Torture! Son vrai nom, c'est Claude Toutan. Devine pourquoi on l'appelle M. Torture...?

Dans notre classe, Marc Sigouin et Laurent Lachance l'ont déjà visité. Ils disent que l'expérience est tellement affreusement épouvantable que c'est mieux de ne pas en parler. Ça me donne des frissons quand j'y pense.

Toto m'a attendu après l'école mardi dernier. Et ce n'était pas pour m'aider à transporter mon sac. Il a avoué que c'était lui, le coupable.

— Tu te penses trop bon, Alexis Dumoulin-Marchand.

J'ai décidé de te donner une petite leçon. Et ce n'est pas fini, ça fait juste commencer!

Il est parti en ricanant. Un vrai sorcier.

Depuis, ça va encore plus mal. Et si ça continue, je vais mourir de faim. J'ai le ventre très, très creux, une pauvre petite caverne vide. C'est normal: je n'ai rien à manger.

Tous les matins, je mets un triple-sandwich-super-spécial-Alexis dans mon sac. Je le prépare moi-même avec trois grosses tranches de pain.

J'ai inventé un tas de recettes. Confiture, miel, beurre d'arachide et similipoulet ou ketchup, mayonnaise, relish, moutarde, jambon, fromage. La meilleure, c'est caramel, sirop d'érable, bananes et graines de sésame.

Tous les matins, depuis une semaine, Toto vole mon lunch. Il se cache dans le petit bois du parc, à côté de l'école, et il m'attend. Quand je passe, il saute sur moi, il m'arrache mon lunch et il menace de m'écrabouiller si je le dénonce.

Toto est trois fois plus gros que moi. Alors, je ne dis rien. Je n'ai pas envie d'être réduit en bouillie.

J'ai peur de lui. Oui, oui, Toto la Brute est très féroce. Depuis qu'il s'est battu contre Henri dans la cour d'école, tout le monde se sauve quand il approche.

Katarina croit que je devrais le dire à mes parents et à Macaroni. Mais j'ai peur que Toto se venge.

Fesses de maringouin! Ça va mal!

2
Super Alexis 5

— Marie-Cléo! Viens, ma petite soeur chérie. Viens goûter à la potion du grand Alexis.

Rien à faire! Depuis quelque temps Marie-Cléo ne veut plus goûter à mes super potions magiques. C'est vrai qu'elles sont un peu épicées...

Je prends un vieux pot de cornichons vide. Je verse du lait ou du jus et j'ajoute des poudres secrètes. Ma mère me laisse fouiller dans son armoire à épices.

Je mets un peu de tout. *Chili,* persil, piment, poivre, ail, cannelle, muscade, cumin, gingembre, girofle... Ça fait un drôle de mélange qui chatouille le nez quand on le sent. Je brasse longtemps et j'invite ma soeur Marie-Cléo à y goûter.

Qui sait? Je la transformerai peut-être un jour en maringouin et alors, elle s'envolera au loin. Je n'aurai donc plus besoin de la traîner avec moi chaque fois que je veux jouer au parc avec mes amis.

Hier, j'avais envie de faire des expériences. J'ai ajouté trois grosses cuillerées de tabasco à ma potion. C'est une sorte de ketchup très liquide et très piquant. Mon père en met deux gouttes dans son jus de tomate pour l'épicer.

Marie-Cléo ne voulait pas y goûter. Tant pis! J'ai trempé le bout de ma langue dans le mélange. Et j'ai attendu un peu.

Au secours! C'était affreux. Ma bouche était en feu. Ma magie avait réussi. J'étais transformé en incendie.

J'ai pu éteindre le feu en buvant trois grands verres de jus de raisin. Et c'est là que j'ai eu

l'idée la plus géniale de l'univers. J'ai téléphoné à Katarina pour lui expliquer. Elle a été terriblement impressionnée.

Ça tombait bien. Mes parents étaient sortis et Sophie, la gardienne, jouait à la Barbie avec Marie-Cléo.

Je me suis dépêché. J'ai réuni tous les ingrédients et j'ai travaillé une bonne heure. À la fin, j'étais fatigué. Mais pour réussir dans la vie, il faut savoir per-sé-vé-rer. C'est mon père qui dit ça!

Pour la première fois depuis des siècles, j'avais hâte d'aller à l'école. Je me suis couché sans rouspéter et j'ai fait un rêve extraordinaire.

J'ai rêvé que j'étais Super Alexis 5, le héros du dernier jeu

Nintendo. Le but de la partie, c'était de délivrer la princesse Katarina. Mais avant, je devais dévorer mille Toto.

Toto s'était transformé en sandwich à trois étages. On reconnaissait sa tête sur le dessus et ses espadrilles de Garfield avec des lacets vert fluo en dessous. Entre les deux: trois grosses tranches de pain.

Les Toto couraient, faisaient des culbutes et sautaient partout,

mais je les rattrapais toujours et je les avalais d'un coup. J'avais déjà dévoré cinq cents Toto quand le sorcier est apparu.

Il était terrible. Il ressemblait à Toto lorsqu'il est en colère. Mais il était cent fois plus gros. Sa bouche était énorme et il voulait me manger.

Heureusement, Super Alexis 5 avait une arme secrète dans son sac. Dès que je l'ai sortie, le sorcier s'est enfui en hurlant et les cinq cents Toto encore vivants sont morts de peur.

J'ai escaladé la plus haute tour du château du sorcier. Katarina était enchaînée au mur. En deux secondes, je l'ai libérée. Pour me remercier, elle m'a embrassé.

C'est là que je me suis réveil-lé.

3
Alexis en bouillie

— Alexis, épelle le mot sept.

— *Esse - e - pé - té...* Ah Henri!

Henri m'a eu avec une autre de ses farces plates. Katarina riait aux éclats.

On marchait vers l'école. Je pensais à Toto qui m'attendait dans le bois. Il y a des choses plus importantes dans la vie que les niaiseries d'Henri.

Quand Toto a foncé sur moi, j'ai lancé un épouvantable:

— Aaaarrrraaaahhhh!!!!

Comme si je venais d'apercevoir un dragon à douze têtes.

J'ai couru très vite en laissant mon sac derrière.

J'avais fait exprès.

À la cafétéria, ce midi, on a bien ri. Toto s'est assis devant moi.

— Tu n'as rien à manger, Alexis? Pauvre petit garçon! Tu devrais t'apporter des sandwiches. Veux-tu qu'on appelle ta maman?

Toto riait en déballant MON triple-sandwich-super-spécial-Alexis. J'ai fait semblant d'être triste. Toto m'a regardé, il s'est léché les babines et il a avalé d'un coup la moitié du sandwich.

Soudain, ses yeux se sont agrandis. Sa figure est devenue rouge, puis mauve. J'avais l'impression qu'un nuage de fumée allait lui sortir par le nez.

Il s'est mis à hurler. Et à sautiller comme un fou. Tout le monde riait de lui.

Il a attrapé le berlingot de lait de Simon et l'a avalé d'un trait.

Des larmes coulaient de ses yeux. Mais il ne pleurait pas vraiment. Sa bouche était en feu. C'est tout.

Sais-tu ce qu'il y avait dans le triple-sandwich-super-spécial-Alexis aujourd'hui? De la confiture de fraises, du ketchup, du jambon, du tabasco, du *chili* broyé et du poivre de Cayenne. Un mélange explosif!

À la dernière minute, j'avais aussi ajouté quelques petits pois verts écrasés. Pour le goût et les vitamines. Hi! hi! hi!

Toto a disparu pour le reste de l'après-midi. J'étais au paradis.

Mais à 15 heures, il m'attendait dans le petit bois. J'aurais dû y penser. Cette fois, c'est mon sac d'école avec tous mes cahiers qu'il a volé. Ça tombait mal. Macaroni nous avait donné une montagne de devoirs.

* * *

— *Alexzis! Alexzis!* Il y a un monstre dans ton dos.

— Quoi? Marie-Cléo, va jouer ailleurs.

— Non! *Alexzis,* il y a un gros monstre laid dans ton dos.

À la maison, ma soeur ne voulait pas me laisser en paix. J'ai fini par regarder: Toto m'avait collé un dessin dans le dos.

J'ai crié en le voyant. Le gros monstre laid, c'était moi, Alexis Dumoulin-Marchand. Un pauvre petit Alexis écrabouillé par Toto la Brute. Un pauvre petit Alexis qui avait un gros oeil au beurre noir. Et sous le dessin, Toto avait écrit:

Demain à 15 heures, tu vas y goûter.

Pendant la nuit, j'ai fait un cauchemar terrible. Toto était un champion de boxe et je devais me battre contre lui. Devant tout le monde, à la télévision.

Il cognait sur moi sans arrêt. Ça faisait mal. Mais chaque fois que je voulais me défendre, il disparaissait.

Mes amis hurlaient.

— Vas-y, Alexis! Défends-toi! Ne fais pas le nono!

Personne ne comprenait ce qui m'arrivait.

Je me suis réveillé avec les bras, les jambes, le dos, le cou et la tête... alouette... en compote. Comme si je m'étais vraiment fait battre.

Toto n'aura pas de difficulté à me réduire en purée. Je suis déjà à moitié mort.

4
Hippopotames et rhinocéros

— Vite, Alexis! Habille-toi! Dépêche-toi! Tu vas être en retard à l'école.

— Maman....

J'ai pris une toute petite voix égratignée. J'ai toussé trois fois et j'ai frotté mon front très fort pour qu'il devienne brûlant.

— *Mamaaaan...*

Cette fois, ma mère est arrivée en courant.

— Pauvre petit coco, tu n'as pas l'air bien. Viens, je vais te faire une belle omelette. Après, ça ira mieux.

— Je suis *malaaaade*.

Ma mère a hésité un quart de seconde. Je pense qu'elle a failli téléphoner tout de suite au dépanneur pour dire qu'elle ne pourrait pas travailler aujourd'hui. Mais elle a changé d'idée.

Elle m'a planté un thermomètre dans la bouche. Ouache! Et au bout de deux minutes, elle a déclaré que je n'étais pas malade.

Comme ça! Comme si un petit niaiseux de thermomètre de verre savait comment je me sentais.

Je suis parti pour l'école. J'étais aussi gai qu'un prisonnier que les cannibales vont dévorer.

Toto n'était pas dans le petit bois ce matin. Il gardait ses forces pour me battre après l'école.

Macaroni nous a donné une dictée avec beaucoup de mots compliqués que je n'avais pas étudiés. C'est Toto qui avait tous mes cahiers.

J'ai écrit: *éléfant, rineaucérosse, ipopotâme et pentère.* Zéro sur quatre! J'aurais dû écrire: éléphant, rhinocéros, hippopotame et panthère. Imagine! C'était la dictée la plus difficile de l'année. Tout le monde a eu des fautes, mais j'ai battu un record.

— Alexis, c'est ridicule! Tu

n'as pas du tout étudié.

Bravo, Macaroni. Tu as vraiment trouvé ça toute seule?!

En mathématiques, on faisait la révision de toutes les divisions. De un à douze. J'ai battu un nouveau record: dix fautes. En douze questions!

— Monsieur Alexis, vous devriez peut-être retourner à la maternelle!

Macaroni s'est moquée de moi en me remettant ma dictée.

Tout le monde riait. J'étais furieux.

J'ai attendu que Macaroni tourne le dos. Et je lui ai fait ma grimace la plus dégueulasse.

Macaroni doit avoir des yeux derrière la tête. Elle s'est retournée au moment critique: je rentrais ma langue et je défaisais

mes yeux croches.

D'un seul coup, j'ai gagné deux autres taches sur le tableau de comportement. Et un voyage gratuit chez M. Torture, notre terrible directeur.

Au secours!

5
M. Torture

J'ai un ballon de soccer dans la gorge et mon coeur joue de la batterie. J'attends. M. Torture est dans son bureau, mais on n'entend rien. Il y a peut-être un enfant mort à ses côtés.

Personne ne sait ce que fait M. Torture aux élèves qui vont le visiter.

M. Torture force peut-être les enfants à avaler toute une boîte d'asperges, de champignons ou de petits pois. Il écrit peut-être une lettre aux parents pour que leur enfant ne regarde plus la télé pendant un an.

À moins que M. Torture utilise les méthodes de l'ancien temps. À l'école de mon grand-père, les tannants devaient s'asseoir sur un banc, dans un coin, toute la journée, un bonnet d'âne sur la tête. Ça ne faisait pas mal, mais c'était affreusement gênant.

La porte s'ouvre avec un petit grincement. J'ai envie de courir jusque chez moi pour me cacher sous mon lit.

M. Torture est grand comme un géant. Sa tête est couverte de cheveux blancs emmêlés. Les poils de ses sourcils sont très, très longs et encore plus échevelés. Il a des mains immenses et une grosse voix de caverne.

— Entre, Alexis! Assieds-toi.

J'avance vers la salle des tortures. Mes jambes sont aussi molles qu'un caramel fondant.

Surprise! Le bureau est beau. Les murs sont couverts de posters d'animaux comiques. Le dromadaire lève des haltères, l'orang-outan joue à Tarzan et le ouistiti fait des singeries.

— Veux-tu des jujubes?

Quoi?! Je dois rêver. M. Torture sourit jusqu'aux oreilles en me tendant un grand bol rempli de petits bonbons mous en forme de framboises. Mes préférés!

Soudain, j'y pense. C'est comme dans un film que j'ai vu à la télé. Avant d'être exécutés, les prisonniers ont toujours droit à une petite gâterie: une cigarette ou un gros hamburger garni.

Moi, j'ai droit à des jujubes.

Aussi bien en profiter. J'en prends une énorme poignée. M. Torture en prend autant et se met à les mâcher tranquillement.

Soudain, il éclate de rire. Je vois ses longues dents blanches bien aiguisées. Je me dis: «Ça y est! C'est un ogre et il va me manger. Les jujubes, c'était juste l'entrée.»

— Tu me prends pour un ogre et tu penses que je vais te dévorer, hein, Alexis?

Et il rit de plus belle.

Je n'ai plus vraiment peur, mais je suis gêné. J'ai l'impression que M. Torture lit dans mes pensées.

— Qu'est-ce qui ne va pas, Alexis? Tes parents t'embêtent?

Ta soeur t'énerve? Tes camarades ne sont pas gentils?

Je ne sais pas ce qui m'a pris.

Je lui ai tout raconté.

Je lui ai parlé de la grenouille, des triples-sandwiches-super-spécial-Alexis, de ma recette explosive tabasco-*chili*-poivre de Cayenne et de Toto. Je lui ai parlé de la lettre de menace avec le dessin d'un Alexis écrabouillé.

Je lui ai dit que j'avais peur et je me suis mis à pleurer.

M. Torture comprend tout. Il m'a raconté que ça lui était déjà arrivé. Quand il était petit, M. Torture avait un ennemi, un grand de sixième qui le battait tout le temps.

Je lui ai demandé comment il avait fait pour s'en débarrasser.

M. Torture a souri de toutes ses grandes dents et il m'a raconté ce qu'il avait fait à l'époque. Puis il m'a suggéré un plan. Pour régler le cas de Toto...

6
La grande bataille

J'ai attendu 14 h 53. Ça faisait partie du plan.

J'avais, dans ma poche, un billet de M. Torture:

À 14 h 55, Alexis Dumoulin-Marchand doit se présenter à mon bureau.

Claude Toutan, directeur

Macaroni m'a laissé partir. Tout le monde pensait que j'allais me faire punir.

Mlle Agathe, la secrétaire de M. Torture, était au courant du plan. Elle m'a fait entrer dans le bureau du directeur.

J'ai sorti un autre billet de ma poche. J'ai ouvert le micro de l'interphone. J'ai pris une grande respiration et j'ai lu le message qui était écrit sur cette petite feuille.

Ma voix tremblait, mais j'ai tout lu sans bégayer.

Message à tous les élèves de l'école Sainte-Gertrude.

Alberto Lucio va casser la gueule d'Alexis Dumoulin-Marchand dans le petit bois dans quelques minutes.

Le spectacle est gratuit.

Vous êtes tous invités.

Mlle Agathe riait quand j'ai fermé le micro. Je pense qu'elle était fière de moi. Au même moment, la cloche a sonné et tous les élèves de l'école ont couru vers le petit bois.

Toto n'est pas venu. On s'en doutait.

Toto ne m'a pas battu et je suis devenu un héros. Alexis, le brave, le rusé, le courageux. Je n'ai pas dit aux amis que M. Torture m'avait un peu aidé. C'est un secret.

Des grands de sixième m'ont félicité.

— Géniale, ton idée, Alexis. Toto n'osera plus jamais te toucher.

— Bravo, la puce! C'est une bonne leçon pour Toto.

— Super, ton plan, Alexis!

Je me sentais tout drôle. Je n'ai pas l'habitude d'être un héros.

J'aurais voulu demander à M. Torture s'il était triste, lui aussi, après sa victoire.

J'étais content, c'est sûr! Mais j'étais malheureux en même temps. C'est difficile à expliquer.

Je pensais à Toto. Demain, il va être gêné de venir à l'école. Je ne voudrais pas être dans ses espadrilles.

Tout le monde va se moquer de lui. Dans le fond, c'est pire que de se faire écrabouiller.

C'est là que j'ai eu une idée.

J'ai filé jusque chez moi et j'ai sauté sur mon vélo. Je savais que Toto habitait un appartement au-dessus d'un magasin de souliers de la rue Ontario. Je savais aussi que je n'ai pas le droit d'aller jusque-là en vélo.

Tant pis!

J'ai pédalé vite. Quand je suis arrivé, Toto marchait vers la porte.

— Hé! Alberto!

Il s'est retourné et ses yeux ont lancé des tas de flammèches et d'éclairs.

Franchement, j'ai eu peur.

J'avais envie de me sauver.

— Attends, Alberto... Je veux te parler.

— Ne viens pas te vanter ici, Alexis Dumoulin-Marchand. Parce que je vais t'écraser comme un moustique. Tu te penses fin, hein? Tu es content?

Je n'ai rien dit. Toto a continué.

— Tu m'écoeures, Alexis Dumoulin-Marchand. Je suis tanné que tu me fasses baver. Tu te penses meilleur que tout le monde.

Quoi!? Moi?

Je suis le plus petit de la classe. Le moins bon à la course à pied et au basket-ball. Je rêve de devenir invisible pendant les cours de gym.

Ma mère me traite comme si j'avais deux ans!

Je n'ai jamais le droit de me coucher tard, même les soirs de hockey. Et elle refuse de m'acheter des espadrilles de Garfield avec des lacets vert fluo. En plus, je suis toujours obligé de traîner ma soeur avec moi au parc.

— Tu es malade, Alberto

Lucio.

— Quoi? Répète donc ça
pour voir...

J'ai failli sauter sur lui, même si je savais qu'il allait me
démolir. Mais, à la dernière minute, j'ai pensé à M. Torture. Il

est grand comme un géant.
Pourtant, il dit que les poings,
ça ne vaut rien.

Il fallait réfléchir vite. Qu'au-
rait fait M. Torture s'il avait été
dans mes espadrilles?

7
Triple sandwich
à la Maria

J'avais beau fouiller dans ma cervelle, j'étais en panne d'idée. En attendant, Toto me regardait d'un oeil méchant.

J'étais venu faire la paix et la guerre avait recommencé. J'étais découragé.

— Casse-moi donc la gueule tout de suite, Toto la Brute. Au moins, ce sera réglé. Fesses de maringouin! J'en ai assez. Je le sais que tu aimes Katarina.

C'est là que j'ai vu que Toto avait les larmes aux yeux.

Oui, oui, Toto la Brute était presque en train de pleurer.

— Tu ne comprends rien, Alexis Dumoulin-Marchand. Ce n'est pas seulement à cause de Katarina.

Toto s'est vraiment mis à pleurer et il m'a tout expliqué.

Il trouve que je suis trop chanceux. Pourquoi? Parce que j'ai une soeur. Imagine! Parce que ma mère raconte des histoires à la bibliothèque de l'école tous les jeudis. Parce que j'ai beaucoup d'amis. Et parce que j'ai des triples sandwiches le midi.

Je lui ai dit que ma soeur m'embête tout le temps. Que je suis gêné quand ma mère vient à l'école le jeudi. Que mes amis me font de la peine souvent. Et que je suis prêt à échanger mes sandwiches contre ses espadrilles de Garfield avec les lacets vert fluo.

— Tes sandwiches à la dynamite?

On a ri. Et Toto a eu une idée.

Demain, à l'école, je vais lui donner un triple-sandwich-super-spécial-Alexis devant tout le monde. Et Toto va faire semblant d'être empoisonné. Il va hurler, sauter, courir trois fois autour de la cafétéria et tomber à terre en faisant semblant de ne plus respirer.

On a répété notre numéro. C'était très impressionnant.

Mais Toto ne sait pas tout.

J'ai ajouté quelque chose à son triple-sandwich-super-spécial-Alexis.

Quelque chose d'assez explosif.

Sur l'emballage de son sandwich caramel, sirop d'érable, bananes et graines de sésame, j'ai collé la photo d'une belle fille aux longs cheveux noirs et doux.

Elle s'appelle Maria. C'est la cousine de Katarina.

Elle habite en Espagne, mais en juin elle déménage... À Montréal!

Je pense que Toto va l'aimer...

Table des matières

Chapitre 1
Adieu triple sandwich 7

Chapitre 2
Super Alexis 5 17

Chapitre 3
Alexis en bouillie 25

Chapitre 4
Hippopotames et rhinocéros 33

Chapitre 5
M. Torture 39

Chapitre 6
La grande bataille 47

Chapitre 7
Triple sandwich à la Maria 57

Achevé d'imprimer
sur les presses de Litho Acme Inc.